谢孟 著

仙沐

谢孟诗集

作家出版社

图书在版编目（CIP）数据

仙沐：谢孟诗集／谢孟著 . -- 北京：作家出版社，
2021. 1

ISBN 978-7-5212-1236-5

Ⅰ . ①仙… Ⅱ . ①谢… Ⅲ . ①诗集 - 中国 - 当代
Ⅳ . ①I227

中国版本图书馆CIP数据核字（2020）第261079号

仙沐：谢孟诗集

作　　者：谢　孟
责任编辑：韩　星
装帧设计：刘红刚
特约编辑：边庆利
出版发行：作家出版社有限公司
社　　址：北京农展馆南里10号　　邮　　编：100125
电话传真：86-10-65067186（发行中心及邮购部）
　　　　　86-10-65004079（总编室）
E-mail:zuojia@zuojia.net.cn
http://www.zuojiachubanshe.com
印　　刷：河北鹏润印刷有限公司
成品尺寸：152×230
字　　数：60千
印　　张：9.5
版　　次：2021年1月第1版
印　　次：2021年1月第1次印刷
ISBN　978-7-5212-1236-5
定　　价：36.00元

作 者 简 介

谢孟

男，教授，1940年生于四川，1963年毕业于北京大学中文系文学专业，先任教于中学；后调至国家教育部独立创办中国教育学会会刊；1981年到中央广播电视大学（现为国家开放大学）参与创办文科，并任前文法部汉语言文学教研室主任、兼学校教学指导委员会中国语言文学与历史教学组成员、远距离高等教育学会常务理事。

谢孟除主持全国电大系统中国古代文学课程的建设与教学，还与北京大学美学教授杨辛先生共同主编教材《艺术赏析概要》（中央电大出版社），后经修改和补充，转由北京大学出版社出版为全国高校美育教材《艺术欣赏教程》，其第2版被评审为"十二五"普通高等教育本科国家级规划教材。

此后十余年中，谢孟除编写《中国古代文学作品选注》等多种电大教材；还发表了《杜甫在华洲的"诗兴"——兼评郭沫若同志<李白与杜甫>》（《文学评论丛刊》）、《世界教育的现在及其将来》（《百科知识》）等关于文学、教育、语言、写作等方面的学术论文百余篇和专著《跬步集》《现代教育论集》，并相继被《新华文摘》等报刊转载。其中《中国远距离教学教材总体设计的构想》一文的英译在澳大利亚发表后，该文被国外同行称为"破除了他们'亚洲人不懂教材设计的研究'的歧视想法"。

香港回归前，谢孟有幸参加了由香港中文大学特邀大陆和台湾学者共同编写的专在海外发行的《中国文学古典精华》一书的撰稿和统稿工作；退休后，用七年时间，主持了"十一五"国家重点音像出版规划选题《中国文化专题讲座》（共25讲）的建设，该讲座被著名学者乐黛云誉为"传世之作"。该讲座首讲《汉字与中国文化》荣获全国教育优秀音像制品一等奖，还与张艺谋导演的电影《英雄》并列为国家音像制品奖提名奖。

1976年周恩来总理逝世后，在天安门广场给学生激情朗诵悼念周恩来总理的诗歌

风华正年少，赋诗心潮涌

未名湖——我永远的依恋
（1986年春摄）

吾弟早逝令人惜，《忆弟》吟诵兄弟情。1987年8月与弟（身穿白背心者）在北京颐和园消夏

1991年夏，与著名美学家、北京大学哲学系美学教授杨辛（右）在天下第一关城墙上

1992年春，与美学界老前辈王朝闻（左）共商《艺术赏析概要》一书

1998年5月4日，在纪念北京大学建校100周年校庆活动中，与本书《序》作者阎纯德先生（左）在北大校门前合影

2005年春节，在恩师冯钟芸教授（左）家中做客

2006年秋，在牡丹江市八女投江群雕前

每年春节学生都来家一聚，前排为本人与妻（左）（2008年2月摄）

书香伴我诗意浓（2009年5月摄于家中书房）

2010年10月，与妻在荷兰风车村游览

2年4月，在著名红学家周汝昌（右）家中

年11月，与著名雕塑家、书法家钱绍武教授
）在其家中书法长卷前

2011年秋，与中华诗词学会名誉会长、加拿大皇家学会院士叶嘉莹教授（右）在她所领导的天津南开大学中华古典文化研究所前

小院秋红正当时，老朽潇洒来凑趣（2017年10月摄于本人郊区小院）

序

北大才子诗必多

——《仙沐——谢孟诗集》读后

阎纯德

　　人生就像一篇童话，其中有日出日落和星月满天；但是，一眨眼，又觉得很像一个梦，忽然醒来，一切都变成一片空白。然而事实上，我们都还怀念过去，怀念真诚的友情、美满的爱情，怀念那些自己应该感恩的人们，怀念我们蹒跚着走过的人生之路；不管是踏不完的泥淖，还是春风秋水，在这条路上，有黑夜，也有黎明，左顾右盼所及，美和丑相加，就是人生的风景。然而，更重要的还有我们所做的一切，扪心自问，自己对于社会和普罗大众，有无缺憾？

一

　　耄耋之年翩然而至，我脑海里常常浮现出未名湖畔我那些学友的身影，这其中就有谢孟。

当年，我们那一群十八九、二十来岁的年轻人，都是来自五湖四海的学兄弟姐妹，虽多无功利之心，却必有学者、作家、诗人之志。

前不久，倾接谢孟兄之诗集，令我又惊又喜。我与谢孟同是北京大学中文系 1958 级的学生，虽不同班，却彼此相熟一生，是我敬重的朋友。

大学五年，我曾"业余"做过北大校报《红湖》副刊编辑，后接吴泰昌、汪景寿两位学长又任"副刊"组组长，但却未见过谢孟投稿。没想到，他竟能隐藏如此之深，直到七老八十，才亮出自己"诗人""作家"的身份。

2020 年，是一个不平常的年份，在"病毒"搅起滔滔恶浪之时，谢孟则将自己准备了一生的"诗人梦"和"作家梦"公之于世，以己之"梦"为我们这些忧世之民添加信心与勇气！

二

中国是诗之国，且不说《诗经》以降，如屈原、陶渊明、王维、李白、杜甫、白居易、陈子昂、李商隐、杜牧、苏轼、陆游那样的伟大诗人，即使"五四"以降，胡适、郭沫若、徐志摩、闻一多、臧克家、何其芳、林徽因、李瑛、蓉子、席慕蓉、北岛、舒婷、翟永明、王小妮、江河、海子等，这些我们耳熟能详的诗人，他们为中国文学史留下的那些令人难忘的思想和情怀及其艺术，都曾给我们的生命增加过不少信仰和色彩。

北大是学术之都和文学之乡；但在北大求学期间，有一句如雷贯耳的"教诲"——"大学不培养作家"；但是，有哪位上北大的学子不是怀着"作家梦、诗人梦"而踏入北大的？北大不仅培养了数不胜数的优秀教师和学者，优秀作家和诗人也层出不穷。我前后的学长和学弟，他们戴着诗人、作家、学者的桂冠，举着各自的旗帜，如过江之鲫穿行在中国百年的大河之中，不断地为中华文化增光添彩。

北大五年，至今还记得，以诗闻名遐迩的谢冕、任彦芳、孙绍振、刘登翰、廖东凡、曹彭龄、王春梦、程裕祯、李观鼎、杨匡满、陶文鹏、文步彪（文武斌）等等，都曾被我辈所羡慕。当我们走出燕园，那个时代便造就了如温小钰、韩霭丽、刘锦云、高鑫、王毅、陈建功、刘震云、黄蓓佳、张曼菱，诗人海子、骆一禾、熊光炯、江河、西渡、戈麦等曾领一时风骚的作家和诗人。

从北大这个摇篮里走出的作家与诗人络绎不绝。在漫长的历史征途中，谢孟走了另一条人生路，大半生都埋首耕耘杏坛，参与创办中央广播电视大学（现国家开放大学）文科专业，主持全国电大系统中国古代文学课程的建设与教学，为中国远程教学做出了贡献；此外，还参与主编和撰写《艺术赏析概要》和《中国文学古典精华》，著有《跬步集》和《现代教育论集》等。尽管命运使他走了一条学者之路，但文学创作始终是时时占据其心的一道"圣旨"。如此大半生匆忙过去，直到2020年，人类灾难横行地球村之时，他才冷静地从慢慢迂回到彻底"回归"，并告白天下其"诗之志"和"作家梦"，还像走进北大时一样真实！这就是他向社会捧出的诗集和小说、散文集。

三

自古皆云"诗言志"，无论是《诗经》《离骚》，还是《左传》《尚书·尧典》，所涉及的所谓"志"，不同时代，尽管众说纷纭"志"之不同，但是，基本内涵何异之有？"诗言志"当然是言诗人之志，所谓"诗人之志"，基本内涵无非就是诗人的思想、情绪、怀抱和志向；而"怀抱""志向"，不同的人则各不相同，就如迈出大门的人，有的走向高山，有的走向流水；有的走向大漠，有的走向丛林；有的走向杏坛，有的走向仕途；有的走向戎马，有的走向商界……这就是所谓"各有其志"，志之不同。《毛诗序》所言比较客观："诗者，志之所之也，在心为志，发言为诗，情动于中而形于言。"这就是抒发心灵深层世界的"诗"之本质。情志并重，思想与情感之总和，就是对诗中肯的界定。诗源于生活，源于社会，就是诗既需要诗人个人的生活经验，也需要有社会记忆；此外，个人的天才与智慧自然也是一个诗人不可或缺的条件。我们常说"诗情画意"，看似在说诗之"艺术"，其实，也是在"言志"；要"言志"，就要寓"志"于形象，这是"诗"自古以来的艺术传统。所谓"诗情"，一般说来所指就是思想和感情；所谓"画意"，一般说来应是社会风景、自然风景和内心世界的风景。

伏尔泰说："诗是天才的初生儿。"这说明，写诗需要特别的才华，谢孟就是这样一位诗之才子！

四

我认真地一个字不落地读完了谢孟的诗歌作品。实话实说，我喜欢他的诗作，尤其喜欢他的新诗。

他的"自序"不仅道尽了对诗歌精神的认知，还几乎写尽了对其诗作的"自评"。

一个钟情于文学的人之所以可以成为诗人，就在于他不仅对生活敏感和感悟深刻，还得有对诗歌艺术的真知灼见。生活、理解与认知，都是成就诗歌创作的灵丹妙药。

　　谢孟就是这样一位功底深厚的诗人。尽管他出道"晚",但是,他很成功。谢孟走出北大后,如果他的文学"自由鸟",能放飞到广阔的天地,投入诗歌创作,他肯定能成为一位大诗人。但是,我们都受时代绳索的缚绊,我们这代人是手拉手地一同在"十年"噩梦纠缠中挣扎过的人,我们有苦难,也有欢乐;这一切的感觉,都化作他诗歌的真情实意。如果把文学比作酒,诗就是他最好的"陈年茅台"。他的诗几乎不沾染"政治"的水分,但是,偶尔也会有飘忽的彩云,不过那只是诗人灵感沉淀后的飞翔。他写自然,也写社会,给我们的是优美语言中呈现的人情、心情和自然美景。《眼睛》写于1981年,当历史悲剧落下帷幕之时,呈现的是"解放"的喜悦和欢呼;还有《自强不息的旗帜——怀鲁迅》《小桥》《春的寻觅》《雪》《梦中的你》和发表在《人民日报》(海外版)上的《夜的飞流》,诗虽短,情却长!

　　这部追求诗意的作品,记载着岁月的痕迹,隐含着诗人诚实的心曲。那首悼念周恩来总理逝世一周年的长篇朗诵诗《长思曲》,是一篇直抒胸臆的优秀之作,可以说敢与李瑛的《一月的哀思》和柯岩的《周总理,你在哪里?》比美!

　　他说自己创作诗歌的过程是"随心所欲""自然勃

发",但无不是"宣情",精心选取"镜头",即使触动心灵的刹那,也要努力达到他所追求的"诗意"。

爆竹声里,有多少不平静的思念!
怎能忘啊,
疾风惊雷前一年?!
怎能忘啊,
一年前的这一天……
大地不语,
天低云暗。
沉雷炸肺腑,
噩耗压心坎。
怎能相信自己发颤的两耳?
怎能相信自己模糊的泪眼?
敬爱的周总理啊,
怎么会离别我们步九天?!

描述千百万百姓沿途为总理送灵车时,诗人这样写道:

凄风吹泪,
华灯惨淡。

灵车过，
透心寒。
巨星坠落悲声咽，
千山万水齐呼唤。
但愿此夜都是梦，
唤醒总理谱新篇。
倘若一死能换总理生，
万众献身心甘愿！
……
总理的骨灰撒江河啊，
中华儿女长思念。
长思念啊，
泪点点，
……
睡梦里常见总理的面。
高伟的身躯火样红，
爽朗的笑声春风传。
宽阔的胸襟暖大地，
崇高的品德照人寰。
……

我们这位铁肩担道义的总理，给百姓的是温暖。但是，就是这样的好总理，直至逝世，都没有摆脱魔鬼的怀疑和暗算。

谢孟退休后，带着妻子跋山涉水、游山玩水，不仅饱览祖国的大好河山，也周游澳大利亚墨尔本、荷兰阿姆斯特丹以及海参崴等，凡是所到之处，都会用诗作留下他们的足迹。

别开生面的《黄河文化吟》是一篇写于 2008 年的散文诗，诗意盎然，文化底蕴深厚。此诗沿着母亲河从青海出发，神游四川、甘肃、宁夏、内蒙古、陕西、山西、河南和山东，以山以水，连同历史、风土人情，异常简洁地勾勒了黄河自源头至山东济宁湿地动人心魄的文化痕迹，淋漓尽致地展现了数千年源远流长的黄河文化的灿烂图景。

2011 年，他有游香山短诗《小桥》：

　　曾经的你，
　　曾经的我，
　　曾经的小桥，
　　曾经的歌。

　　曾经的邂逅、相约，
　　曾经的彷徨、沉默，
　　曾经的莫名忧伤，

曾经的期待与失落。

在浪漫的摇篮里，
分不清你和我，
激情在朦胧中涌动，
刻下永久的思念与欢乐！
……

读后，仿佛自己轻歌曼舞在春天的山水之间，那种惬意和轻快难以言表。

他的旧体诗词写得也颇有造诣，《浪淘沙》写得美丽；那首《古风——与北大校友田小琳举家之香港赠别》也令人赞叹："萧萧岭上行，依诉惜离情。巾帼多豪气，不辞千里行。海天成一统，月照故乡明。愿得常勤勉，鱼书有妙声。"

五

诗的血缘来自传统。中国诗之精神支柱就是中国诗之传统。"遂古之初，谁传道之？"诗歌之道就靠文化人一代代传承。中国诗歌走到 21 世纪，诗派林立，据说有数十个流派。我十分关注诗歌的发展动向，但真诚地说，我对现在不少"诗人"的诗歌不敢恭维。

谢孟的诗不仅继承了古典，也传承了现代。他的诗，"独特的审美视角，发现和捕捉触动心灵的刹那，不落俗套地创作，以期达到'清新脱俗'的审美取向"。他还说，"真挚情感的流露，是诗作者写诗，追求心中'诗意'的基石；想象力的驰骋，是通向心中'诗意'的桥梁"。谢孟还说，他的诗都是"随心所欲""自然勃发"的，即发现美好的"镜头"或触动心灵的刹那，便会选择不同的诗歌表达形式"宣情"出来，以达到他所追求的"诗意"。这就是一位北大出身的学子关于诗歌创作的修养。

诗歌创作不仅需要"修养"，也需要才华。完美的诗歌，不仅包括对于主题与艺术形式的选择，也包括对于语言的继承与创造。无论是直抒胸臆，还是象征、比兴的艺术手法，这些都需要才华，方能打造出精美诗歌的深度、厚度和广度……谢孟正是这样做的。

谢孟说："诗歌是美妙的，它让我愉悦，让我激动，让我振奋；我愿在诗歌这诱人魔力的吸引下，用马良的神笔，去不断讴歌，去勾画，去追求！"这是他的人生追求，也是他诗歌梦醒之后，留给我们这一大群老者忆往和愉悦的纪念……

2020 年 11 月 3 日半亩春秋

作者简介：

阎纯德，生于河南滑县，河南濮阳人。北京大学中文系毕业。1982年同时加入中国作家协会和北京作家协会。曾在北京外国语大学进修法语，后执教于北京师范大学、巴黎第三大学、国立巴黎东方语言文化学院、艾克斯马赛第一大学、波尔多第三大学。1993年，曾创办并主编《中国文化研究》。现为北京语言大学教授、《汉学研究》和《女作家学刊》主编，香港文化总会顾问、中华炎黄文化研究会理事、欧洲龙吟诗社名誉社长和法华作家协会名誉主席。一生从事20世纪文学教学和文学、文化与汉学（SINOLOGY）研究，业余爱好文学创作，著有散文集《在法国的日子里》（1982年获全国优秀文化读物一等奖）、《欧罗巴，一个迷人的故事》《人生遗梦在巴黎》《在巴黎的天空下》，诗集《伊甸园之梦》《宇宙中的绿洲》（诗合集）等；学术著作有《作家的足迹》《作家的足迹》（续编）、《中国现代女作家》（主编、主撰）、《二十世纪中国女作家研究》（获香港龙文化金奖一等奖和中国女性文学第二届优秀著作奖）、《二十世纪末的文学论稿》（获中国当代文学研究优秀著作奖）、《瞿秋白》《女兵谢冰莹》《鲁迅及其作品——我的巴黎讲稿》（法文著作）等，主编《中国文学家辞典》（6卷）、《中国新文学作品选》（7卷）、《新时期百位女作家作品选》《20世纪华夏女性文学经典文库》（11卷）、《大家书系》《著名女作家散文经典》《巴黎文丛》《汉学研究大系》（60余部）等数十种书稿。曾获澳门全球散文大赛第一届和第二届冠军、香港全球散文大赛亚军。

自序

　　热爱文学，热衷写诗，好像是我与生俱来的爱好，这与多是"理工成员"的家庭似乎显得有些格格不入。

　　小学时，我的作文经常成为老师宣读的范文；中学时，我就创作了自己作词的校园歌曲《我们是喇叭花》，还参加了"北京市鲁迅文学爱好者协会"；高中毕业时，我响应号召参加劳动锻炼，并学习高尔基走向生活，毅然选择赴北京市茶淀青年农场当了一名青年工，并称自己为"高尔础"；在农场，我成为一名文艺骨干，出板报、写诗写文章，搞文艺汇演和慰问演出……1958年秋被北京市委保送到北京大学中国语言文学系文学专业学习，除系统地学习中国文学方面的知识并为今后的发展奠定坚实基础外，课余时间仍坚持诗歌方面的创作。到工作岗位后，几经变动也未消减我创作诗歌的热情。截至目前，我创作诗歌数百首，收集到本书的有 87 首［其中新诗 61 首（含学生和诗 1 首），旧体诗词 26 首］；此外，该书还附加了本人创作的 4 首歌曲的歌词及对谱曲者的介绍。

我创作诗歌的过程可以说是"随心所欲""自然勃发"的，即发现美好的"镜头"或触动心灵的刹那，便会以各种不同的诗歌表达形式"宣情"出来，达到我所追求的"诗意"。

何谓"诗意"？字面上的理解恐怕就是"诗的意境"。那么，什么是"诗的意境"？有云：诗者主观情感与客观景物或事物融合形成的艺术境界。何谓"艺术境界"？我以为，这是个"仁者见仁、智者见智"的审美认知和感悟。

笔者不是专业诗歌创作者，从自身认知出发，得出我所追求的"诗意"是："一种耐人寻味的、给人一种美的享受和精神激励的清新脱俗的，读后让人甩不掉的诗的艺术境界。"要达到这种境界，笔者以为储备四个条件很重要：

一、真挚情感的流露，是诗作者写诗、追求心中"诗意"的基石。

诗歌，抒情言志。写诗要有感而发，不是为写而写，是真情所致；不能是无端虚构，打诳语……

笔者以为：真挚，侧重于诗作者本人的内心世界，强调的是情感的真与切。

从内心出发，真情实感奔涌而出；诚恳地对待这份情感，运用恰当的诗歌形式和表达方式，既打动自己也打动别人。

在《自强不息的旗帜——怀鲁迅》一诗中，笔者怀着对鲁迅的无上敬仰之情，用犀利、刚捷的语言，直抒胸臆，表达了对鲁迅不朽"旗帜"精神的歌颂。发表后，有读者评价说："感情充沛、激情似火、充满了革命的浪漫主义色彩。"还有读者说："充分讴歌了鲁迅的'革命斗士'精神，感染了我们。"

《红烛吟》是为第一个教师节而作。因为自己是教师，要颂扬自己的职业，真是感慨万千。运用"歌行体"这种音节、格律比较自由，七言、五言更多是杂言的丰富多变的形式，怀着无限崇敬的心情，放情高歌，感恩自己老师的深情厚谊；并巧妙地引经据典，站在更高的维度，来讴歌天下"红烛"为"天师""人师"，彰显了教师职业的尊贵、神圣与高尚，激励自己为这神圣事业献身的使命感与自豪感。这首诗当年曾先后被《科技日报》《中国教育报》《中国电大教育》刊登。有读者反映，畅快淋漓地讴歌"红烛"精神，实则是一件美事！还有读者反映，这首古诗荡气回肠，味道足，堪回味。

不论是直抒胸臆的自由体新诗，还是讲究格律的旧体诗词，从"真挚情感"出发，是通向心中"诗意"的必由之路。这个"真"是诗作者追求心中"诗意"的"基石"。

二、想象力的驰骋，是通向心中"诗意"的桥梁。

想象力是什么？是人对头脑中已有的表象进行加工改造，创造出新形象的过程。

对于诗歌创作，借助想象，即不是对过去感知过的事物形象的简单再现，而是新形象的形成，并运用"叠句、排比、象征、拟人、比喻"等写作手法，达到充满"诗情画意"的效果，让人有强烈的画面感和代入感。

在《雪》一诗中，笔者把白雪想象成"铺开的宣纸"；把脚印想象成"点点墨滴"，组成数不尽的"诗行"；在《在八女投江群雕前的凝思》一诗中，把那八位为国献身的女战士想象成"八只快乐的百灵""八只惊世的蝴蝶"；在《长白山天池的故事》一诗里，把长白山天池想象成"上天心爱的女儿"；在《未名湖三章》一诗里，把未名湖想象成"梦中的情人""我的母亲"……

没有想象力的驰骋，诗作者的激情难以迸发；没有想象力的驰骋，诗歌会苍白无痕；没有想象力的驰骋，心中"诗意"无法营造。想象力的驰骋，是通向心中"诗意"的桥梁。

三、独特的审美视角，发现和捕捉触动心灵的刹那；不落俗套地创作，以期达到"清新脱俗"的审美取向。

这个问题讲起来，似乎有些难度，让我们先举例说明。

1989 年 9 月，笔者有幸参加在徐州召开的《全国首届〈金瓶梅〉学术讨论会》，回京路上途经山东省微山县韩庄，只见一群刚从打麦场下来的劳动后的青年男女，赤身裸体在"之"字形的水渠中沐浴，他们怡然自得的样子，震撼到笔者："不可思议！""不平常之事此刻在这里变成平常，这群人是凡人还是仙人？！"这一瞬的强烈冲击力让笔者感到，此刻的空气凝结了，时间停止了，一幅唯美的画面出现了：在霞光的包裹下，一群天上的仙人在此沐浴，他们尽情地享受着大自然甘泉的洗礼。啊，脱俗！这难得一遇的视觉盛宴，撞击着笔者的胸口。笔者感到热血沸腾，遏制不住的冲动就想记住这美好而震撼的一刻。而用诗歌这种艺术形式来表达、来抒情、来讴歌，就成为自然而然的上选了。《仙沐》就应运而生了。

正文前四句为引言，概括了全诗主题之意。正文中先是描绘了"仙人"们沐浴的场景和时间，突出强调"金色"，暗喻：丰收了。随后想象、反问加描绘，强调是"仙人"沐浴，且是"进化了的仙人"。第三小段，推进主题，全诗出现一个小"高潮"。笔者感叹这里没有"禁区"——天赐的清流，天赐的浴场。再进一步说明"进化了的仙人"，在圣洁的大自然里沐浴，是多么"脱俗"！已经点题了！再后，笔者还是沉浸在那神圣而美好的场景里，用排比、比喻等手法，描绘一幅美好、祥和的画面。第六、七小段，是笔者跳出画面，心底迸发的感叹："奔腾的生命，点燃了纯净的遐想！"……使全诗的情绪达到高潮，表达笔者对美的审视、对世俗的考问，是全诗主题的升华。最后一段，像一首乐曲的尾声，随着"仙沐"画面的渐行渐远，留下唯美的镜头：变作一串串月亮，一串串太阳……并用俏皮而诙谐的语调，留下一个问号：谁是未来的织女？谁是未来的牛郎？

这首诗虽谈不上完美，但它是我用独特的审美视角，捕捉触动心灵的刹那，实现我审美取向的一次攀登。我很庆幸能发现这一珍贵而唯美的镜头，在我追求"清新脱俗"的"诗意"中，画上浓重的一笔。

"审美"是人类理解世界的一种特殊形式；"审美取向"则是人类选择确定审美的方向。随着人类文明的进步和社会的发展，个体人文素质的提高，人们的审美眼光和审美取向也会不断变化和提升。

四、"不拘一格"地运用各种表达形式，"博采众长、兼容并蓄"，让表达形式为诗歌的内容服务。

我们首先强调的是"内容决定形式"，这是毋庸置疑的；但没有恰当的表达形式，内容也不能充分地或淋漓尽致地呈现出来。实践中我深刻地意识到这一点。

在《黄河文化吟》里，我采用的是"散文诗体"。开始时想按一般的韵脚诗写，但后来感到，韵脚诗虽简练、明快、朗朗上口，但不足以充分展现黄河沿岸几十个文化载体的风貌与文化内涵。采用散文诗的形式来写，没有韵的限制，用诗歌的语言、思维和散文自由灵活的特点，任其发挥，加大所呈现内容的广度、厚度和深度，从而使诗歌的表达更细腻、更充分，诗情更浓烈，意境更深远，像一幅精心雕琢的"工笔画"，以达到期望的艺术效果。

《忆弟》这篇自由体诗更像一幅"写意画"。回忆性的诗歌按常规可以写很长且内容很多。但笔者探索本诗的写法，并没有展开时间的长轴，纵向描绘弟弟的一生，而是截取儿时的最深印象，寥寥数语，点到为止。说是"留白"也好，像国画那样"此处无物胜有物"；说是欲言又止也好，"含蓄内敛、无穷意味"，能让读者感受到作者丧弟心中深埋的痛，这首诗歌的效果就达到了。

我平常写诗是不拘一格地运用各种表达形式。本诗集里收集了我创作的各种体裁的诗歌，比如有按形式划分的"格律诗"和"自由诗"；有按内容划分的"叙事诗"和"抒情诗"；有按表达方式划分的"散文诗"和"韵脚诗"，还有长诗、短诗以及集体朗诵的诗等等；又比如在"旧体诗词"里则有七言、五言、七绝、五绝、杂言等以及若干词牌。

内容决定形式，形式为内容服务。不拘一格地运用各种表达形式，并不是不假思索地随手拈来，而是不盲目乱用，但也不刻意追求某种形式，而是自然恰当地运用，以达到诗性的充分发挥。

笔者今岁已至耄耋之年，写过不少诗歌，虽不是篇篇上品，但也不乏"精品"——精心打造的作品。虽过去也有汇集成册的想法，却因忙于各种事物，撂下了。现抓紧时间，捋捋成果，激励老朽更上层楼，也算敝帚自珍吧！

诗歌是美妙的，它让我愉悦，让我激动，让我振奋；我愿在诗歌这诱人魔力的吸引下，用马良的神笔，去不断讴歌，去勾画，去追求！

期待读者与我同乐。

谢孟写于庚子年初冬

目　录

新　诗

旧体诗词

附录

四首歌曲歌词及加注

新 诗

诗歌创作不仅需要『修养』，也需要才华。完美的诗歌，不仅包括对于主题与艺术形式的选择，也包括对于语言的继承与创造。无论是直抒胸臆，还是象征、比兴的艺术手法，这些都需要才华，方能打造出精美诗歌的深度、厚度和广度……

摆渡船工

天边汽轮叫声悠远，
摆渡木船匆匆似燕。
老船工生怕船儿掉队，
汗珠儿淌满了紫红的脸。

这条航道他早已熟谙，
刚会撑篙就同长江做伴。
惨淡江波翻送过皮鞭声响，
沉重的船上曾压着万吨苦难。

顷刻间江水欢作红灿灿，
老船工忽地年轻抖擞似当年！
渡船舒开了锁住的翅膀，
每次航行都掀起新的波澜！

老船工朝朝迎着东风起航，
驾着船儿奔向心灵的海港……

古老的船板虽已磨得锃亮，
但他不倦的歌却越唱越响！

（1962 年作于渝市码头）

祖国处处是故乡

天连苍山腾巨浪，
碧水扬波走八方。
看不够锦绣山河千万里，
啊！
祖国处处是故乡。

（1968 年 8 月 20 日）

长思曲

—— 纪念敬爱的周恩来总理逝世一周年

按： 此诗由北京三十一中学（原崇德学校）部
　　分在职教师在纪念周恩来总理逝世一周年的
　　大会上朗诵，地点在该校小礼堂。诗作者为
　　谢孟。

领诵者： 傅惠生（傅）、徐嘉（徐）、金芳芝（金）、
　　　　谢孟（谢）、陈德清（陈）。其中徐、谢为男
　　　　性，余为女性。

男　凯歌高奏，
女　红霞漫天。
合　举国欢呼党中央，
　　率领咱乘胜前进跨新年！

金　但是啊，
　　爆竹声里，有多少不平静的思念！

谢 怎能忘啊，

疾风惊雷前一年？！

傅 怎能忘啊，

一年前的这一天……

徐 大地不语，

天低云暗。

女 沉雷炸肺腑，

男 噩耗压心坎。

金 怎能相信自己发颤的两耳？

谢 怎能相信自己模糊的泪眼？

合 敬爱的周总理啊，

怎么会离别我们步九天？！

傅 好像昨天，

他刚讲完《政府工作报告》，

亲切的话语犹在耳边；

徐 好像昨天，

他正在医院接待远客，

刚毅的面容犹在眼前。

合 敬爱的周总理啊，

怎么会突然含愤独长眠？！

陈　多少个忐忑不安的凌晨啊，
傅　多少个思绪纷飞的夜晚！
男　我们在收音机旁，
女　我们在报纸的字里行间，
陈　寻找着他康复的信息，
　　想减轻一点儿忧虑的重担。
金　我们盼啊，盼啊，
　　忧心如焚，望眼欲穿，
男　多么渴望幸福的那一刻——
女　周总理笑微微重展春风面！
合　敬爱的周总理啊，
　　怎么会匆匆一去不复返？！

徐　凄风吹泪，
　　华灯惨淡。
傅　灵车过，
　　透心寒。
谢　巨星坠落悲声咽，
　　千山万水齐呼唤。

金　但愿此夜都是梦，
　　唤醒总理谱新篇。
徐　倘若一死能换总理生，
合　万众献身心甘愿！

男　"四人帮"害怕总理威，
　　悲思未尽欲斩断……
女　斩不断啊，
　　哀绵绵，
陈　青纱素花表千言……
　　强把悲愤咽！
合　总理的骨灰撒江河啊，
　　中华儿女长思念。

傅　长思念啊，
　　泪点点，
　　何时再见总理的面？！
　　想起总理肝胆碎，
　　提起总理启齿难。
女　山有顶啊水有边，
　　由衷的崇敬情无限。

合 红旗舞啊庆凯旋，
　　孩儿今朝更怀念！

金 长思念，泪点点，
　　睡梦里常见总理的面。

女 高伟的身躯火样红，
　　爽朗的笑声春风传。

男 宽阔的胸襟暖大地，
　　崇高的品德照人寰。

合 人民的总理人民爱啊，
　　永远活在咱心间。

陈 精神抖，浓眉展，
　　周总理就在咱身前。

傅 率我们重奔长征路，
　　幸福不忘创业艰；

徐 领我们再访红岩村，
　　壮胆增智斗敌顽；

谢 带我们又攀虎头山，
　　热汗勤洒百花艳；

男 教我们乘风破浪渡远洋，

反霸不畏路漫漫；

女　引我们再经风和雨啊，

　　誓将社会主义火炬代代传！

陈　长思念，心潮翻，

　　周总理和咱共苦甜。

傅　他心里装着天下事，

　　钢肩铁骨挑重担。

谢　哪里有人民，

　　哪里就有周总理的温暖；

金　哪里有险阻，

　　哪里就渗透了周总理的智慧和热汗。

男　日理万机不知累呀，

　　峥嵘岁月白发添。

女　出生入死功勋著，

　　点燃明灯千万盏！

陈　毛主席最亲密的老战友啊，

　　谁敢陷害定完蛋！

　　人民贴心的好总理啊，

　　谁敢攻击且睁眼看——

合　滚滚怒涛来天半！

傅　总理不会匆离去，

今朝也来参加对"四人帮"的审判！

陈　长思念啊，志更坚。

合　敬爱的周总理啊，

和我们一起谱新篇。

男　他在热情地勉励我们：

揽月、捉鳖奋当先。

女　他在不断地鞭策我们，

四化宏图早实现！

啊——

我们看见了，

我们听见了，

我们记住了！

傅　敬爱的周总理啊，

您会在雄壮的队伍里，

看见我们自信的容颜；

您会在震天的战鼓声中，

听到我们对您的呼唤；

您会在频传的捷报上，

感到我们对您的深切怀念……

谢　敬爱的周总理啊，
　　您欣慰地笑吧；

合　万紫千红，春满人间，
　　您期待的未来，
　　就在万众奔进的前面！

（1977 年 1 月）

眼 睛

——献给为实现祖国复兴梦而奋斗的人们

在发光的电视屏幕前，
闪动着一双明亮的眼睛：
有时像不安的水滴，
有时像欢快的流萤。

在这双眼睛里，
映出了知识长河的身影：
壮阔，深邃，
喧豗、奔腾！

在这双眼睛里，
透出了一位勇士的性情：
刚毅，奋发，
无畏，坚定！

它曾怒对铺天盖地的黑云，

也睥睨那庸俗而暗淡的心灵。
它闪出青春动人的理想之光，
直投向那云天深处的峰顶！

啊，这是明镜般的湖泊，
这是湖泊般的天庭：
能装下祖国的山川，
能载下四化的艰程。

啊，这双不眠的眼睛，
好像闪烁碧空的金星：
是振兴中华的异彩！
是新一代勇敢的飞行！

（载于《电视大学》（双月刊）总第三期，

1981 年 12 月出版）

自强不息的旗帜

——怀鲁迅

你爱，爱得是那样深沉，
像青青的野草依恋着土地；
你恨，恨得是那样猛烈，
像疾掣的利剑饱铸着怒气。

你背负着民族的痛苦，
肩住了黑暗的闸门。

把自己整个儿燃烧——
召唤着春的来临……

你这焚毁地狱的巨焰啊，
似骄阳，似雷鸣……
是血染的自强不息的旗帜，
在人们心底升腾！

当大地从长梦中苏醒，
这旗帜变得分外鲜明；
它在荆棘丛中闪耀，
伴随着伟大中华的复兴。

（载于《电大文科园地》总第三期封二，
1983 年 1 月出版。张旺清画，谢孟配诗。）

雪

一摞洁白的宣纸，
　　无限扩大、延长……
从窗前，
　　直铺到迷茫的远方。
大大小小的脚印，
　　像点点墨滴，
组成数不尽的诗行；
　　又像一个个音符，
舞动于素裹银装。
　　在寻找消失的梦，
撞成听不清的交响！
　　寻找微笑，
　　寻找春的乐章……

（1985 年 2 月作于北京）

夜的飞流

丁零、哐啷……
无休止的声浪，
化作心的交响曲。
近的呼啸，
远的回响……

窗外是夜的飞流：
青的光，
灰的光，
黄的光，
闯进奇异的梦——
飘洒、溶化，
攒动、延长……
驱散浓浓的烟雾，
留住珍珠，
挽住希望。

雨丝不期而至，

拨醒酣睡的光。

闪进影影绰绰的树丛——

宁静的爱之乡。

悄悄地，

紧随列车而去。

印上甜美的吻，

带着儿时的回忆！

去寻找山的舞姿，

泉的合唱……

（载于《人民日报》海外版，1989 年 3 月 20 日）

求　知

当你深感求知的艰难，

不要气馁，不要倦怠。

也许你再向前一步，

就能迈进真理的门槛。

啊！

你的心将豁然开朗，

在知识的海洋中扬帆涉远。

那时你会自信地说：

我终于找到了力量的泉眼！

（载于《中国教育报》1989 年 7 月 6 日第 4 版）

咏 怀

—— 为中央电大建校十周年作，兼贺教师节

虎跃龙腾，

莘莘学子，

报国恰是当年。

奋飞添翼，

志在谱新篇。

举业开天辟地，

送春雨，

意切情酣。

方回首，

培英百万，

温爱暖尘寰。

拳拳，

何所怨？

辛勤总有，

桃李争妍。

且自得其乐，

虽苦犹甜。

问讯神州内外，

共同事，

水涌云宽。

谁知我，

一腔热血，

都做梦魂牵！

[作于 1989 年 9 月 10 日，
载于《中国电大教育》月刊 1989 年第 9 期（总第 45 期）]

评宋江

——观电视剧《水浒传》有感

滚滚风烟，最须辨，征程迷路。

拉大旗，替天行道，难遮媚骨。

儒术根深堪笑止，权谋耍尽贪官禄。

此狂客，拱手送梁山，何归处？

金戈转，江南怒；煎兄弟，相残戮。

叹英雄聚义，飘零归宿。

水寨蓼花空寂寞，凤阙犬马犹趵扈。

莫消忘，横祸起萧墙，勤防蠹。

（载于 1998 年 2 月 24 日《中国教育报·文化周刊》）

对镜自语

在老人面前，我是一个调皮的顽童；
在孩童面前，我是一个持重的长者；
在女人面前，我是一个有温度的男人；
在口蜜腹剑者面前，我知道该怎样珍爱灵魂。

我不喜欢过度修饰，
我讲话没有刻意遮拦；
我不怕别人把我看透，
我习惯常常否定自己。

我同情弱者，我追求完美；
我崇拜勤奋，我鄙视贪婪。
不拘小节，但追求生活的精致；
城府不深，但崇尚睿智纯洁、志向高远。

"吃别人嚼过的馍没味道"是我的座右铭。
我就是我，
——世上唯一的一个版本！

（1998 年 10 月 8 日）

远眺佳境

当墓志铭遮上我的眼睛，让我摆脱病痛或烦恼的折磨。
蓝天和白云将陪我享受永久的快乐和安宁。
但愿与生俱来的遗憾忽地化为匆匆流水，
去到那不知回头的佳境……

（1998 年 10 月 10 日）

问答二则

叩问苍天：人间的善恶美丑有时为何错位？
苍天答道：无知给我带来了羞愧。

叩问大海：爱能不能像你那样奔腾不息？
大海答道：除非它一开始就不那么完美！

（2000 年 10 月 16 日）

初 约

芦苇花和月光在水中荡漾，
你依偎着我为何一语不讲？
是风儿吹走了你甜美的回忆，
是远处的歌声勾起了你莫名的忧伤？

芦苇花和月光在水中荡漾，
我愿你永远依偎在我身旁。
心中的话风儿不会吹走，
远处的歌声将洗去你昔日的忧伤……

（2001 年 11 月 26 日追忆北京茶淀青年农场芦苇荡而作，

兼怀朔芷、筱兰）

有感情人节

灿灿红玫瑰，
佳节倍温馨。
情缘由天定，
无猜一颗心。

灿灿红玫瑰，
争宠恐开迟。
情缘本随性，
何待竞放时。

街市争玫瑰，
日下别样红。
欲惊有情者，
相抚意更浓。

（2002 年）

致母校

——北京三十一中学（原崇德学校）

哦，母校！
我的梦升起的地方……
智慧的闸门从这里开启，
想象的翅膀从这里张扬。

你是青春的见证，
你是意志的练场。
你让美丽的憧憬，
去编织铿锵的诗行。

走出去了，优秀的学子；
拥进来了，当今的栋梁。
——这不仅仅是自豪，
这不仅仅是欣赏。

为何把心中的忧愁对你诉说？

为何把心中的快乐同你分享？
为何去到天涯海角，
也会从记忆里找回你的模样？

哦，母校！
我的梦升起的地方……
让我们重温同一个梦想，
去共同创造明日的辉煌！

（2006 年 1 月 14 日）

春的寻觅

倘若生命还能出现奇迹，
倘若时空还能随意倒转……
我真想返回三十年以前，
去寻觅校园春天的温暖。

虽有岁月载不动的苦痛，
虽有时光说不清的悔怨……
学子如痴的追求与豪情，
却曾燃起我心底的灿烂。

小小课堂常见智慧交流，
广阔天地更有诗潮涌现。
相依相长竟如兄弟姊妹，
目光似水欲将好梦画圆。

喜看幼树而今已成栋材，
明媚阳光撒播春的期盼：

要留住青春美丽的涟漪！
要挽住生命伟大的波澜！

既然曾那么快乐地起航，
就别说行程的遥远艰难。
瞧遍野的春花如此多彩，
想必是人生落脚的彼岸。

让今宵聚首难忘的一瞬，
映照出人间的幸福美满；
让我们记住的都是美好，
明早推窗道声"直到永远"……

（2006 年 4 月 15 日初稿，4 月 25 日定稿）

我们曾快乐起航

——拜读谢老师《春的寻觅》有感

学生　王筠

"我们曾经那么快乐地起航"，
坠地的啼哭声追着白鸽要一起飞翔。
和着新中国盛典礼炮的隆隆回音，
我们像小小音符跳进了共和国建设的华彩乐章！

"我们曾经那么快乐地起航"，
童年的色板上涂满了无尽的遐想。
给未知的浩渺再重彩一抹蓝色，
以接班人的名义扬帆起锚，乘风破浪！

"我们曾经那么快乐地起航"，
青春系上彩虹舞动起漫天霞光。
也曾悄悄把每一天的月色藏进日记，
激情与浪漫的经纬编织着我们如诗似画的远方！

"我们曾经那么快乐地起航",
突然间乌云蔽日雨骤风狂!
犹如童话中马良神笔施展了魔力,
只怪他噩梦未醒践踏了自己的善良……

"我们曾经那么快乐地起航",
就不该惧怕船覆帆折偏离航向!
只有与灾难擦肩而过的水手,
才会有坐观云落潮起的从容与胆量。

"我们曾经那么快乐地起航",
就不应抱怨通行证已经叠皱变黄……
重新拾起被我们遗忘的缕缕温暖,
天涯处处依然有芳草飘香、雁阵诗行!

"我们曾经那么快乐地起航",
人生元年与共和国的履历一同成长。
假如生命能选择重新开始,
我们愿再一次把青春与忠诚写进新的航海日志,
——快乐起航。

（2006 年 4 月 26 日）

梦 乡

列车踏过青绿，
在暮色中徜徉。
把一缕月光，
搁在我的枕上。

遥远的过去，
带着几分羞涩，
几分浪漫，
几分迷茫。
不知不觉，
闯进快乐的梦乡……

（2006 年 8 月 29 日）

白云和森林

天上的白云歇歇脚，
变作绵延起伏的森林。
地上的树丛伸伸腰，
变作飘忽不定的白云。

白云说：
"我来去自由，
把世界当成乡村。"

森林说：
"你不搭在我肩上，
又哪有力气去远行？"

于是它们守护同一家园，
从此再也不分彼此。

（2006 年 8 月 31 日）

海参崴之晨

晨曦羞答答，
总不想揭开面纱。
海鸥们着急了，
东奔西窜、叽叽喳喳，
想叫醒它……

（2006 年 9 月 1 日）

傍晚的海参崴

上天把一汪湖水，
扩成平静的海面。
远山是她的秀眉，
如唇鲜红的落日，
不舍地栖息海底。

（2006 年 9 月 1 日）

在八女投江群雕前的凝思

为了掩护部队撤离，
她们义无反顾地选择了死亡。
冰凉的江水可以作证，
青春的花朵是如何绽放。

如果没有理性，
炽情会坠入迷茫。
如果没有牺牲，
历史会显得苍凉。

如果没有纯洁，
生活会失去向往。
如果没有伤痛，
歌声会缺少激昂。

八只快活的百灵，
合唱着生命的交响。

她们用永恒的旋律，
讴歌着今日大地的辉煌。

八只惊世的蝴蝶，
闪动着美丽的翅膀。
她们深情地祝福来者，
切记将如梦的未来珍藏。

（2006 年 9 月 5 日）

雾里积木

雾里积木，
　看不清……
　　但知道是红是绿，
　　　知道是圆是弧，
　　　　方块或矩形。

大门进去，
　便由人摆布，
　　但又固守不变的恍惚！

此刻深藏着葱茏，
　以期忽地叫人惊醒……

（2006 年 9 月 8 日）

俄罗斯广场婚礼

蓝天作幕地作床。
阳光把祝福，
洒满幸福的脸庞。

掌声作鼓笑声作唱，
目光把倾慕汇入新人心上！
镜头下这对鸳鸯分外大方，
不知多少陌生的远客与他们留下此刻的难忘！

忽然间那边传来黑管声悠扬……
那是一位长者忆起了肖邦。
他是在为婚礼伴奏，
还是在思念自己往日的新娘？

此刻新郎拉着新娘满脸春光来到人群中央，
他们拥抱一个个前来祝贺的朋友，
也没忘记刚认识的远客来自异国他乡！

（2006 年 9 月 10 日）

与爱妻同游海淀凤凰岭

其 一
在摩崖刻字前

千年不化的顽石，
刻着"爱情同心"。
怎如心中的摩崖，
永惜爱情的常青！

其 二

幽梦偶见凤凰草，
青山如画我行早。
登临不遇天色秀，
老夫笑慰且伸腰。

（2006 年 9 月 22 日）

长白山天池的故事

上天把心爱的女儿，
放在深谷中调养。
吸纳日月星辰，
历经夏暖冬凉。

而今女儿已长成美女模样，
不用梳妆，胜似梳妆！
那明眸嵌着蔚蓝，
闪着温柔的光……

一天她忽然满脸惆怅，
只因婚期将近又不忍离开故乡！
她紧锁双眉，吵吵嚷嚷，
你看那汹涌而来的飞瀑——
不正是她洒下的泪水汪汪！

（2006 年 10 月初）

香山秋景随笔二首

其 一

绿条如蓬，
披头散发。
残朵如醉，
自语休管你我他。
云驻松亭忍相别，
岂知恋人热吻翼檐下？

其 二

山林午阳风送爽，
百鸟无力相与藏。
翻飞臭姐①来做伴，
搅我短梦徒思乡。

（2006 年 10 月 22 日）

---

① 臭姐：学名"椿象"，别称"臭大姐"，在此简称"臭姐"。

蓝宝石的传说

王母遗落的一块蓝宝石，
亿万年过去，
至今未寻得它的踪影。

谁知它隐入深谷，
继而演化成精灵。
它锁住蓝天的明澈，
将月的虚怀添进难得的温情……

（2006 年 11 月）

黄河文化吟

直面黄河，心潮涌动。鸟瞰五千年华夏文明，恰似滔滔黄水一泻千里；细数国运之兴衰荣辱，民生之穷达哀乐，又如九曲十八弯悠悠道来、低语诉说。绵延厚重的黄河文化，以惊世的智慧和思想，显民族之魂魄，增神州之光辉；其天人合一之哲学理念，视自然与人为一体，相依相存，和谐共生，是乃万物繁荣之保障，人类与社会发展之根本，亦乃我华夏子民自立于世界之丰碑，敬奉于人类之瑰宝。

而今漫步黄河之畔，百花盛开，满目葱茏，遥想奔流横穿九省之澎湃，或急或缓，或驻或旋，吮苍天之落英，吟夕照之余晖，不禁移景于幻，逸兴遄飞……

青　海

看河源湿地，奇草丰茂，远翔来聚，野趣丛生。沿史前之遗脉，觅混沌之绪风，思生命之繁衍，感造物之磅礴。

四　川

慨叹未尽，忽闻何处飘来天籁之音。侧耳细听，乃《康定情歌》欤！循声移步至跑马山，只见山顶白云缭绕，时隐时现；山下浅坡披绿，一马平川。试看骏马风驰电掣，骑手竞显高强；各族儿女游山朝庙，歌声漾起阵阵欢笑……

甘 肃

或指前方曰：晴空万里，何来虹挂于林？答曰：非也，此乃桥也，其势凌空卧起，故名卧桥矣。君不见桥底清流映弯月，夹岸桃花斗芬芳；又不见桥上游客长伫立，凭栏远眺画中景？

宁 夏

才下卧桥道，复登玉皇阁。楼如重云拔地起，檐似飞燕衔泥来。举目遥望，黄水奔流，势如破竹，匆匆东去，何等大气，尽收眼底。

内 蒙 古

倏然眼前一亮，朵朵白莲自天而落，又如点点繁星，布满天涯。定睛观之，乃蒙古包矣！顿觉奶茶流脂，肥羊飘香，舞踏高歌抒豪气，篝火熊熊夜无眠！

陕 西

千呼万唤，叫起阿房。睡眼蒙眬好个闭月羞花，蛾眉懒画更是百种风情。待晨钟入户，宫门洞开，巍巍高台兮彩旗招展，浩浩崇殿兮广迎嘉宾。轻歌曼舞勾魂去，觥筹交错醉仙来。飞檐如翼，九重错落遮华屋；朱廊似带，浅束蜂腰小阁楼。俟暮鼓初歇，万盏通明，清溪泛影，台阁争辉，披异彩绵延于无尽，犹火龙盘桓于青丘，惜春色柔情于佳室，叹琴瑟和美于霎时。嗟夫！如此妙境，怎禁得当年干戈，付诸一炬！

山　西

吟罢杜牧《阿房赋》，再诵樊川《清明》诗："清明时节雨纷纷，路上行人欲断魂。借问酒家何处有？牧童遥指杏花村。"一条蜿蜒的小路，通向杏花深处的一座古朴的村落。那儿牛车辘辘，鸡犬相闻，男耕女织，有如桃源。恰逢清明时节，雪白的杏花开遍山野，把这里染成银色的世界，凝聚着淡淡的忧思。几处高高飘扬的酒幌，在绵绵细雨里分外夺目，招引过路的祭者和客官去暖暖身子，消解乡愁。

河　南

夜幕初降，矾楼街市已是灯火辉煌。千家店铺，车水马龙，犹众星捧月，托起琼楼玉宇。聚千秋之神工，营绝代之佳构。看瑶台相望传秋波，飞桥牵手半空连。艺伎殷勤侍酒宴，水陆八珍金玉盘。丝竹低吟相思梦，歌舞高颂不夜天。此情只应天上有，何似逍遥在人间！正是："梁园歌舞足风流，美酒似刀解离愁。忆得少年多乐事，夜深灯火上矾楼。"

山 东

登上太白楼，面对眼前咆哮不羁的黄河水，这位诗仙的名句怦然涌上心头："君不见黄河之水天上来，奔流到海不复回……"黄河真乃顶天巨人欤！当习习晚风抚平了水面，黄河忽地变得亲切妩媚，又如母亲宽阔的胸脯和她手把的摇篮。嘻！美哉！壮哉！

闭目冥想，心驰神往，那如痴如醉的黄河故事，那如梦似幻的天上人间，那与长江共铸的华夏文明，真乃沧海桑田，白驹过隙，林林总总，目不暇给；然诸多文化遗痕，时下已渺无踪迹。拭目细察此前所遇，虽为鳞爪，亦可窥豹——那充满阳刚之气的美轮美奂的建筑群体，岂不分明是一个大写的"天"字吗？！而与"天"相交的那两段流水，那静静的饱含阴柔之气的流水，岂不分明是一个大写的"人"字吗？！

（愿山东沉睡的济宁湿地以石破天惊的建筑群令人恋恋不舍当年黄河文化的无比精彩！）

（2008 年岁末作于北京方庄未名斋）

除夜感怀

除夜守佳岁，
暖暖亲情添。
此时总思旧，
往日共危艰。

新朋成故友，
万事常挂牵。
后会诚有期，
花开近来年。

（2009 年 1 月 25 日戊子除夕）

乘机俯瞰匈牙利夜色有感

云吐苍茫月婆娑，
灯火不眠醉如歌。
李翁无须再狂想，
风雨过后好梦多。

（李翁乃匈牙利著名音乐家李斯特，有《匈
牙利狂想曲》问世。此诗作于 2010 年 9 月 25 日）

车过阿姆斯特丹

绿色过去，
水影茫茫，
我们追逐云中的太阳。
快乐忘了异国他乡，
只留下淡淡的神往。
啊！
芦苇苍苍，
微波荡漾，
秋叶斑斓，
满坡牛羊，
风车在海边低吟：
当年牧童的惆怅……
奇妙竟忘了异国他乡！
我们追逐云中的太阳……

（2010 年 10 月 4 日）

儿行千里母牵挂

儿行千里母牵挂！

短信絮语，

没话找话，

车轱辘话转平常话。

千言万语，

还是那句话。

（2010 年 10 月 6 日作于乘机途中）

戏赞古稀聊以自嘲

古稀之人赞古稀，
喜看古稀众相会。
苦尽甘来任逍遥，
养花种树满眼翠。
携伴远游风光好，
放歌一曲顷刻醉。
荣辱不惊有深意，
快乐老夫心如水。

（2010 年 10 月 13 日）

新春随想

又是一年春来到，
心事知多少？

盼花总怕花开迟，
香飘又觉早。

光阴不解此中味，
无情亦无恼。

自古伤春多情种，
与君共一笑。

（2011 年 2 月 1 日庚寅除夕前夜）

小 桥

曾经的你，
曾经的我，
曾经的小桥，
曾经的歌。

曾经的邂逅、相约，
曾经的彷徨、沉默，
曾经的莫名忧伤，
曾经的期待与失落。

在浪漫的摇篮里，
分不清你和我，
激情在朦胧中涌动，
刻下永久的思念与欢乐！

涟漪乘着月光，
从小桥下轻轻绕过，

它听到深深的呼吸，

听到歌声在微风中诉说……

温柔有如梦幻，

又是一团熊熊的火！

啊，小桥牵手未来，

你我从此不在煎熬中漂泊……

（2011年3月5日游北京香山起兴，得首段；

3月16日乘机自京赴澳大利亚墨尔本途中拟出

末段草稿；21日夜构思全诗，23日改定。）

沉默的壮士

为澳大利亚墨尔本基浪名胜依山傍水的八尊巨幅石雕（其背身设有温泉，竟如离泪），题诗两首曰：

其 一

碧海云天两茫茫，
风里壮士意气扬。
披肩随山飘万里，
泉如离泪涌千行。
不烦青鸟传喜讯，
巍巍神工费思量。

其 二

力士入海薄云天，
出拳雷动惊八仙。
女娲闻讯遥相看，
疑是阊阖落凡间。
巨石沉吟舒筋骨，
青鸟引吭唱新篇。
无须细探盘古意，
弃卒南隅守江山。

（2011 年 11 月）

忆 弟

你匆匆离去，
没带走我一滴眼泪。
——那是"再见"，
而非诀别惹人心碎……

我还是拉着你胖胖的小手游戏，
从不争吵，
从不喊叫，
你总是乖乖地听我施令发号。

父母五年工作在外，
你的依恋曾让我烦躁。
但你还是那样乖巧，
让我记住你那不温不火的微笑……

注： 我弟谢用九生前为西南交大研究生导师，卒于
2012 年 6 月 30 日。

（2012 年 8 月）

生命之歌

——我读萧默

生命还是去了，
驶向彼岸坚壁的港湾，
夕阳在一边哀号。

生命还在微笑，
大地上留下的脚印，
是智者深邃的思考。

生命还在燃烧，
那勇者不尽的情思，
仍把广袤的家园照耀。

曾经的生命呼啸而来，
化作冲向大海的波涛。
张开双臂，
将未来的阳光拥抱。

啊！

我们随时都能感到，

那颗心仍在跳……

后记：萧默，曾为文化部中国艺术研究院研究员，建筑艺术研究所前所长。中央广播电视大学（现国家开放大学）艺术欣赏课程《建筑艺术欣赏》一章的主讲教师，有建筑研究及政论等问世。

（2013 年 1 月 26 日）

台湾行

千里飞渡海峡长，
别梦依稀多遐想。
相对开口皆京味，
喜把他乡当吾乡。

（2013 年 12 月 10 日）

梦中的你

有许多思绪，
有许多惬意，
灯火闪着模糊的记忆
——梦中的你。

那灯火早已消失殆尽，
记忆却长存心里。
你早已不知去向，
唯有我把记忆留给自己。

（2015 年 2 月 24 日）

除夕将近怀北大校友

弦在《良宵》春意浓，
未名湖畔花已红？
心有灵犀梦非梦，
遥祈诸君乐融融！

（2016 年 12 月 5 日，遵袁雪平约寄而作）

心中最美的花

传说当年的美女，
你快起床吧！
摘一朵玫瑰花，
放在你枕旁，
就当我那时万幸没彷徨……

瞬间四十年过去啦！
　眼前名不虚传的美女，
　养儿抱孙拉扯一个家！

献一朵玫瑰花，
　算是谢你啦！

风风雨雨实在不容易，
　快乐中也免不了吵吵架。

啊！心中的美女，心中的花，

感恩我们一直相互牵挂！
你中有我，我中有你，
日子越来越甜啦！
平平安安、快快乐乐，
我们还求个啥？！

你永远是我的美女
——心中最美的花！

（2016 年 12 月 26 日）

遥望宝岛抒怀

（为国开合唱团参赛歌曲所拟朗诵词）

遥望宝岛美丽家乡，
一水相隔骨肉情长。
喜报神州今非昔比，
但盼共享祖国富强。
细浪如梦心连万家，
众川赴海齐驱恶狼。
乡情化作擎天伟力，
携手共建惊世辉煌。

（2017 年 4 月）

大写的人

蓝天下，
大写的人，
恋着多情的土地。

大写的人，
伴着熟悉的旋律，
读着云的呼吸。

（2018 年夏）

仙 沐

　　一九八五年六月十二日傍晚将近，同北京大学出版社乔默先生参加完在徐州召开的全国首届《金瓶梅》学术讨论会，乘专车返京。路过山东微山县韩庄，见一群劳动后的男女青年沐浴于水渠中，因以纪之。

　　　　　似梦非梦有奇缘，
　　　　　青山呼来浴中仙。
　　　　　莫道明灭水中月，
　　　　　翘首霞光映满天。

一条"之"形的渠水
缓缓而下，
泛着快活的夕阳。
远处是金色的场院：
金色的云朵，
金色的波浪……

莫非是汉墓里的石刻？
莫非是艺术家的想象？
一群进化了的"仙人"，
熙熙攘攘，
飘落在渠水中央……

这里没有什么"禁区"：
天赐的清流，
便是天赐的浴场。
布满青草的渠岸，
铺着红的背心、
花的衣裳。
维纳斯显出天然肌理，
汗珠儿映着活的雕像。

一只只自由的天鹅，
用不着把聪明的王子躲藏：
少女先占据了上头，
少男便甘居于下方——
彼此歌声相闻，

谁也不贸然来往！

几位担夫从田埂踩过，
挑着"嗨哟"，
目光闪闪，
与夕阳交汇，
合着动听的交响……

此刻理性忽地变得苍茫，
奔腾的生命，
点燃了纯净的遐想！
原来一声"再见"，
人类便道别了杳渺的蛮荒……

光在闪动，
影在徜徉。
能溶化爱的胸脯，
能搭起生活的臂膀——
有如大自然那般流畅！
啊，
创造美的人们，

终将获得美的报偿！

客车载着满厢笑语，
飞驰而过，
东摇西晃……
灿烂的线条渐渐远去，
变作一串串月亮、
一串串太阳……
啊！
这里既没有宽宽的天河，
怎能清晰辨出：
谁是未来的织女，
谁是未来的牛郎？

（1985 年秋初稿，2018 年秋改定）

爱情四部曲

爱是春花的细语，
爱是秋叶的回声。
爱是熊熊的篝火，
爱是潺潺的溪水。

（2019 年年初）

心中的歌

心中的歌，展开双翼。
穿越时空，翱翔天地。
去寻找知音和友谊。
啊！
你中有我，我中有你。

翻开美好的记忆，
那里有孩时的故事，
　　青春的朝气！

那里有浪漫的梦想，
　　共同奋进的旋律。

啊！
心中的歌永远畅响……
　　伴随着你我，

飞越山川，
直达天际。

（2019 年 5 月 4 日）

心中的火

你曾经照耀我，
让我永远不会忘却。
我的心为你跳动，
常在梦里与你相约。

以自己心中的火，
点燃别人心中的火。

以我们的快乐，
带给别人快乐。

啊！
我们人生的画卷，
多么精彩，
多么耐磨，
那是一首不知疲倦的歌……

（2019 年 5 月 10 日）

你从大地走来

——喜庆新中国 70 华诞

你从多情的大地上走来，兑现绿水青山就是金山银山的卓见，把世界惊呆！

你从历史的艰难中走来，将中华文明化作强国的力量，荡涤污泥浊水，排山又倒海！

你从亿万人民的心里走来，鼓足众生成真美梦的勇气，去创造人生的精彩！

你从五洲四海的洪流中走来，努力联结起人类共同命运的纽带，期盼地球村生气蓬勃、和谐共处朝前迈！

啊！我们欢呼你的走来，我们祝福你的走来，我们跟着你的走来奔向祖国灿烂无比的未来！

（2019 年 9 月中旬初稿，10 月下旬定稿）

未名湖三章

一　未名湖，我梦中的情人

她总是张开蓝宝石一样透明的眼睛笑眯眯地注视着我，欣赏我的一切，甚至我的失误、缺点与不足。

——她对我是那样宽容，几乎没有任何挑剔！

故而我常向她倾诉自己的幸运与不幸，内心深处的欢快和伤痛，以及对她纯情而苦涩的爱。

二　同未名湖对话

未名湖啊，你的青春曾是那么迷人，你的沧桑仍是那么美。每次来探望你时，你总要唠叨几句，揪住我的耳朵问："记住没有啊？！"当我不舍离去，你又总是重复："随时等你，不必牵挂！""下次来时还同你讲悄悄话……"我总是这样回答。

三 母亲的胸怀

我的母亲去了，去了，灿烂的笑呀、慈祥的脸，带走好远、好远！

有多少离奇的梦，道不尽我的思念，我的思念燃烧着火焰。那无言的孤独，在这里遇到了彼岸。啊哦，尽享着无尽的爱恋……

啊，未名湖的树影，月下不眠那迷人的光艳，你不弃不离，不离不弃，时刻赠予我母亲胸怀的温暖，让我寻回了那遗失的爱，以及故事中的《天方夜谭》……

我忽地变成泰山顶上的一棵小草，与星辰对话，披满灿烂的星光……

我于是又像长江的一束浪花，与天地同唱，奔向蔚蓝的海洋……

啊！母亲的胸怀，你心中是无边的海、永存的爱。

啊！我长大了，长大了；母亲在远方笑了、笑了……

（2020 年年初）

为母校题签三首

（一）

啊，母校！
　　你是不灭的红烛，
　　——在我心中，
　　　　在我人生的旅途……

（二）

我是这样深地爱着你，
在梦中有你亲切的身影，
在成功里有你谆谆的鼓励。
你给我的爱是那样真诚，
　　一味地付出，
　　——却从不知道索取！

（三）

世间有许多缘分，
　　都与我们擦肩而过。
唯有你——母校，
　　在漫长的岁月中，
与我们情愫如新，
　　永远是那么鲜活！

（2020 年 3 月 8 日）

致姚允文

尽管南木北移，
　　但未曾忘记那
　　　　悠悠的乡情；

尽管岁月如梭，
　　但仍缭绕着你那
　　　　如诉的琴声，
　　　　　　——令人热泪满盈。

注：姚允文为本书作者五十年代初昆十中的同班同学，现为四川音乐学院作曲系教授。当年我俩曾合作校园歌曲《我们是喇叭花》，现经陈丽君、朱维新同学回忆、整理、翻印（见后），使我又回到了那时美好的校园生活里。

（2020 年 3 月 10 日）

旧体诗词

何谓『诗意』？字面上的理解恐怕就是『诗的意境』。那么，什么是『诗的意境』？有云：诗者主观情感与客观景物或事物融合形成的艺术境界。何谓『艺术境界』？我以为，这是个『仁者见仁、智者见智』的审美认知和感悟。

云南行七首

（1968 年 8 月 6 日—1968 年 8 月 18 日）

翠湖（七绝）

高岭天生一静湖，
宜人何必唤清风？
玲珑赤阁遥相望，
碧树有情近水中。

（1968 年 8 月 6 日）

大观楼即景

其一（五绝）

远登大观楼，
西山分外遒。
空帆自相去，
喜送水之头。

其二（七绝）

清风拂面畅舒游，
夹竹桃红翠未休。
一览平川山断隔，
滇池行乐绿中留。

（1968 年 8 月 7 日作于昆明）

云雾山中（古风）

山重叠翠障云屏，
云复隐空雾为雨。
流水潺湲回深林，
飞鸟高咏荡幽府。

（1968 年 8 月 8 日汽车被阻于云南东川前 68 公里处）

山谷夜雨（七绝）

飞云乘兴下幽岭，
举目空蒙灯火清。
深谷陡溪流更急，
隔窗犹若阵涛声。

（1968 年 8 月 9 日作于赴黄水箐途中）

黄水箐（七绝）

青山隔眼不盈尺，
合掌突驰拓禁城。
飞鸟迎声惊矫羽，
风雷低首避而行。

（1968 年 8 月 17 日）

旅途遐思（七绝）

火车一啸三千里，
长驱直前即故城。
隔树微灯当有诉，
倚窗似现意中情。

（1968 年 8 月 18 日）

怀君苓（钗头凤）

由来久，

何曾有？

玉亭依旧茶当酒。

翘待说，

都移过，

一往情深，

恁般消却。

搁。

搁。

搁。

春池皱，

镰月瘦，

觅群台榭孤生受。

晨风薄，

有如剥。

偎怜伊人，

远眸相索。

托。

托。

托。

（1969 年 9 月 7 日晚至次日晨）

读词有感（浪淘沙）

平地起波澜，
北望关山，
几番苦涩几番寒。
梦里不知千里路，
暮去朝还。
未敢问清弦，
月月年年，
别时容易见时难。
雨雪红梅分外艳，
寄语婵娟。

（1973 年 9 月 11 日）

咏颐和园（七律）

碧水清波抱翠山，
排云细浪傲尘寰。
昆明池浅玉龙舞，
万寿风平彩凤闲。
铜牛无声思阔海，
石船有泪锁深湾。
欣闻大地惊雷动，
谐趣高歌展笑颜。

（1976 年 1 月 16 日）

十五年教龄感怀（七律）

难逢雨霁艳阳天，
喜得歌吟十五年。
两鬓飞霜何所怨？
万花写景动丹田。
常闻浅枥鸣伯乐，
敢肯高谈成梦眠！
力壮犹须千里目，
我携热血献春前。

（1980 年秋）

与北大校友田小琳举家之香港赠别（古风）

萧萧岭上行，
依诉惜离情。
巾帼多豪气，
不辞千里行。

海天成一统，
月照故乡明。
愿得常勤勉，
鱼书有妙声。

（1985 年 10 月 26 日）

路遇（五绝）

雪满薄衣裳，
风欺瘦脊梁。
回眸卖歌处，
残叟携甥郎。

（1989 年 12 月 24 日）

红烛吟（歌行体）

——为九十年代第一个教师节作

　　有教应无类^①，可怜学海苍茫作舟子；有师当至尊，难得传道授业解惑人！君不闻襄城之野问牧童，黄帝稽拜称"天师"^②？君不闻三千弟子敬孔丘，百年之后呼"圣人"？

　　天师缥缈诚难觅，人师^③倥偬尤可亲。几度梦里忆恩师，千回百绕讲坛上下红烛情。君不见烛光熠熠如朝晖，照我魂兮魄兮添精神？又不见烛光绵绵如春雨，润我无怨无悔报国心？更不见烛光旖旎如茧丝，彩练吐尽隐其名，青丝迎我苦琢器，白发送我步征程！

---

① 《论语·卫灵公》："子曰：'有教无类'。"《吕氏春秋·劝学篇》："故师之教也，不争轻重、尊卑、贫富，而争于道。其人苟可，其事无不可。"

② 《庄子·徐无鬼》记黄帝于襄城之野问牧马童子天下诸事，童子的回答使黄帝顿开茅塞。答毕，"黄帝再拜稽首，称'天师'而退"。

③ 《五灯会元》一："佛于二月八日明星出时成道，号'天人师'。"又，《荀子·儒教》："四海之内若一家，通达之属莫不从服，夫是之谓'人师'。"

我欲因之常落泪，却有羡情暗自生。烛花摇红映世界，中夜起坐壮思飞。长空揽明月，挽袖扪星辰，敢追先哲踪与影，且把红烛照后尘！普天学子今同庆，歌相传，竞攀登！但愿烛火共长久，姹紫嫣红总是春！

（载于《科技日报》1990年9月3日第4版；《中国教育报》1990年9月9日第4版；《中国电大教育》1990年第9期封2）

无题（七律）

大潮飞涌势惊魂，

亿万长随赶浪人。

啼鸟休停欲瑞梦，

东风敢叩武陵晨。

艰难铸就通天路，

苦恨培成拓世民。

今日信知霜色好，

层林染处景超伦！

（1992 年 10 月构想，11 月中旬定稿）

燕园忆旧（七律）

如烟往事共蹉跎，
亦痛亦欢随意摩。
熠熠湖光凝旧梦，
依依塔影绕朝歌。
春耕每着风和雨，
秋获何论少与多。
常忆同窗皆美好，
总缘梅竹鬓相磨。

（1999 年 2 月于北京）

龙川大峡谷漂流（七绝）

龙川瀑响隐深林，
石涧如弦吟远音。
借问仙家何处去，
青藤桥畔濯足坪。

（2002 年 10 月 14 日）

与松光、润兰伉俪同游临别（七绝）

澳洲蓝山霜花浓，
千里有缘来相逢。
待到秋高重会日，
京城把酒乐融融。

（2011 年 4 月 7 日于澳大利亚）

与笔友曾胡唱和二首（七绝）

其一

　　曾胡自日本寄诗十一首，其中三首有掉字，因戏言之。

瀛洲遥寄谙华章，
雪过灯红意味长①。
可叹篇中丢掉字，
莫非醉卧媚柔乡？

① 曾诗《横滨有感其二》云："纱笼晕红迷灯巷，雪后酒肆三五家。水销已觉三分暖，知春岂在二月花？"

其二

读曾胡《咏早开杏花》有感

东篱杏谷长相守，
寒馥欲投顾恋久。
君子深知个中情，
盈樽何待黄昏后？

（2012 年 3 月 26 日）

附：曾胡作五古《咏早开杏花》：

独绽东篱外，
红粉三两枝。
报春非本意，
寒香唯自知。

（2012 年 3 月 26 日作。曾胡，旷世奇才。著名翻译家、诗人，多有译著、诗文和学术著作问世。曾与笔者交往数十年，不幸于 2020 年 6 月病故。甚叹！）

喜相逢（七绝）

江山不老喜相逢，
紫气东来逸兴浓。
试把彩毫描旧梦，
醒时方觉夕阳红。

（2012 年 4 月 18 日）

附记：此诗为"国家开放大学书画、摄影、手工制作展"（离退休办公室主办）所作《前言》之开头语。该展览为庆祝中国共产党建党 91 周年、迎接十八大召开而办。

乡间偶作（采桑子）

魂销曾记青纱帐，
月也翩翩，
风也缠绵，
情窦初开不夜天。

人间缘分都无奈，
思亦茫然，
叹亦茫然，
往事如云还似烟。

（2012 年 7 月 27 日）

初会榆园（七古）

古韵台亭苏园会，
新妆京府惹人归。
波传山影通幽径，
塔望云天昵曙晖。
万卉迎宾情却旧，
千枝拥绿鹤常飞。
悠悠百代心含秀，
南北同心惜菲薇。

（2017 年 9 月 12 日）

驱车逸兴（七绝）

麦黄林茂一身风，
天远地遥色不同。
千转百回总相见，
铜牛铁马各西东。

（2018 年 10 月 16 日作于延庆）

欣逢国家开放大学老同事联谊盛会感怀（七律）

风雨同舟双廿年，
艰难岁月结良缘。
千回磨砺成宏器，
万种耕耘谱异篇。
桃李纷纷奇志壮，
后生个个美名传。
梦思但怕春归去，
醒觉惊呼艳美天！

（2019 年 6 月 13 日）

喜庆武汉抗疫解封（七绝）

佳音互送走天涯，
大地春回喜万家。
试看苍龙重抖日，
神州何处不飞花！

（2020 年 4 月 8 日）

附 录

四首歌曲歌词及加注

我爱春的明媚、温暖，更爱它的生机蓬勃。在这迎春的喜人日子里，让我们共同乘上开往春天的列车，去拥抱未来，拥抱属于我们美好的一切。

广播电视大学（现国家开放大学）校歌

我们的校园无限宽广，

南疆北国处处桃李芬芳。

我们的知识来自空中的课堂，

电波飞渡，汇成心中的黄河、长江。

自强不息、播种理想，在知识的海洋里再造辉煌。

走向世界，走向未来，我们要做现代化的栋梁！

注： 这首歌曲是为广播电视大学（现国家开放大学）隆重庆祝建校 15 周年暨全国电大表彰大会而创作的；今随学校更名而改为新名《国家开放大学校歌》。曲作者王世光历任中央歌剧院院长、中国音乐家协会副主席兼创作委员会主任；代表作有歌剧《第一百个新娘》、钢琴协奏曲《松花江上》、歌曲《长江之歌》等。

国家开放大学出版社社歌
(《相约在成才路上》)

寒来暑往，锦绣文章，

关爱暖学子，墨香飘八方，

真理吹开心灵之窗，知识托起新升的太阳。

春雨如梦好写意，书中把祝福深藏，

用激情耕耘未来，永远相约在成才路上。

南国北疆，良师相傍，

开卷会挚友，天涯济一堂，

智慧点燃青春火炬，迎风架起七彩桥梁。

春雨如梦好写意，书中把祝福深藏，

用激情耕耘未来，永远相约在成才路上。

注：这首社歌的曲作者是雷蕾，作曲家雷振邦的女儿，北京电视艺术中心一级作曲。代表作多为电视剧的主题曲：《少年壮志不言愁》(《便衣警察》)；《好人一生平安》(《渴望》)；《重整河山待后生》(《四世同堂》) 等。

拼搏，在荧屏下

来吧，来吧，来吧，
愿意学习的人们，
聚集在荧屏下，
我们奋力拼搏，
为了古老神州现代化。
啦啦啦啦啦啦，
世界向我们走来，
知识给我们潇洒，
我们很是相信未来，
让青春美如彩霞！

来吧，来吧，来吧，
不甘止步的人们，
拼搏在荧屏下，
新世纪发出召唤，
龙的传人要再振中华。
啦啦啦啦啦啦，

昨天向我们告别，

知识给我们希望，

我们努力创造未来，

让生命永放光华！

注：曲作者姚盛昌，天津音乐学院作曲系教授、系主任。代表作有：大型交响音乐史诗《东方慧光》、大扬琴与管弦乐队的幻想曲《到唐招提寺去》、交响合唱《愚公移山》、弹拨乐重奏《江清月近人》、小提琴与钢琴合奏《音诗》等。另为电影《启明星》、电视剧《唐明皇》等数十部影视作品配乐。

我们是喇叭花

嘀嘀嘀嗒，

嘀嘀嘀嗒，

我们是喇叭花。

我们是春天的鲜花，

被哺育生长在阳光下。

我们敬爱的毛主席，

就是春天的太阳，

照耀着我们成长壮大。

注： 这首歌的曲作者姚允文原为我昆十中校友，合作此歌时我们年仅十三四岁。姚允文现为四川音乐学院作曲系教授，代表作有《浪尖上的岁月》等。

后记

在 2021 年春节到来前夕，我的诗歌创作集《仙沐》——一个孕育成熟的孩子，幸福地呱呱坠地了。

这部诗集镌刻着我生活的足迹，深藏着我对岁月的沉思，倾诉着我往日的情愫。我庆贺它的诞生，也感恩它的诞生。因为它的诞生，使我更加深刻地认识到：一个人或一件事成功的背后，必有看得见和看不见的若干"贵人"相助。

著名诗人、作家阎纯德先生在百忙中为本书撰写了如此精彩的《序》，令本书大为增色；著名古典诗词作家程裕祯先生为本书旧体诗词的韵律认真把关；北京人民艺术剧院前院长、著名剧作家刘锦云先生应邀通读全书；夫人边庆利不仅全力支持出版该书，还帮助整理和编辑；作家出版社韩星编辑等为该书的出版倾尽了心血；学生李亮帮忙校对诗稿。

　　在此，谨对上述"贵人"们，表示深深的谢意！鞠躬再鞠躬！

　　我爱春的明媚、温暖，更爱它的生机蓬勃。在这迎春的喜人日子里，让我们共同乘上开往春天的列车，去拥抱未来，拥抱属于我们美好的一切。

　　　　　　　　　　　　　　　　谢孟写于庚子年岁末